행복은 오늘도 피어난다

행복은
오늘도 피어난다

오평선 지음

자음과모음

지나고 보니 행복은 멀리서 찾아오는 손님이 아니었다. 내 안에 집을 짓고 언제나 조용히 함께했는데 정작 나는 그 문을 스스로 닫아두고 살았다.

행복은 밖에서 건너오는 바람이 아니라 마음속에서 조용히 솟아오르는 샘물에 가깝다.

우리는 부족해서 괴로운 것이 아니라 원하는 것을 이루고도 만족하시 못해 또 다른 욕망을 쫓느라 스스로 행복의 틈을 잃는다. 욕구는 물통을 채우게 하는 동기지만 물이 넘치기 시작하면 그것은 더 이상 필요가 아니라 불안을 가리는 욕심이 된다. 채우는 데 몰두하다 보면 정작 이미 충분한 것을 느낄 시간을 빼앗긴다.

누구나 행복한 삶을 원한다. 행복을 느끼는 사람과 느끼지 못하는 사람의 차이는 '한 방'을 좇느냐 아니면 일상 곳곳에 널린 작은 조각들을 발견하느냐에 달려 있다. 큰 행복을 바라다가 작게 찾아오는 기쁨을 흘려보내는 일이 우리가 흔히 저지르는 우매한 실수다.

강렬한 행복 한 번보다 약하지만 자주 찾아오는 기쁨이 더 중요하다. 큰 행복을 오랫동안 기다리다 보면 오히려 갈증이 심해지고 세상이 나에게 인색해 보인다. 반면 작은 기쁨을 자주 느끼는 사람은 삶이 주는 선물을 잃지 않는다. 지속성 있는 행복은 가성비 좋은 행복에서 비롯된다. 행복을 멀리서 찾지 않고 손 뻗으면 닿는 범위에서 발견하는 사람이 현명한 사람이다.

세계행복지수에서 핀란드는 7년 연속 1위를 했고, 덴마크는 2위를 했다. 이들이 생각하는 행복의 조건인 '자유, 안정, 평등, 신뢰, 이웃, 환경'은 거창한 목표가 아니라 일상의 구조와 선택권에 대한 만족에서 비롯된다. 행동과 생각을 틀에 가둔 채 옳고 그름을 따지는 것이 아니라 개인의 생각을 존중하는 포용성이 행복감을 높이는 원천이다. 우리 사회와 나의 행복 조건이 이들과 무엇이 다른지 잠시 생각해

볼 일이다.

　모리스 마테를링크의 『파랑새』는 행복이 멀리 있는 것이 아니라 이미 마음속에 살고 있음을 일깨워준다. 파울로 코엘료의 『연금술사』 역시 우리가 찾는 보물이 지금 이 삶 속에 놓여 있다고 말한다.

　인생은 단 한 번뿐이지만 행복은 그 안에서 수없이 피어날 수 있다. 한 방의 행복을 좇느라 방황하기보다 흩어져 있는 작은 꽃들을 발견하는 삶이 우리에게 더 큰 충만을 준다. 행복은 강도가 아니라 빈도가 중요하다.

　그대와 나의 하루에 작은 행복들이 조용히, 그리고 끝없이 피어나기를 바란다.

오평선

차례

2장

사랑은 바람처럼 스치고,
계절처럼 돌아온다

3장

비워야 비로소 채워지는
순간이 있다

4장

흔들려도
삶은 다시 피어난다

1장

행복은
가까이에 있었다 _____

_____

_____

_____

_____

행복을 막는
마음 단속

행복은 외부에서 오는 것이 아니라 마음에서 솟아오른다.
그런데 우리는 종종 행복의 샘을 스스로 막아버린다.
그래서 오늘은 마음을 단속해본다.

필요 이상으로 가지려는 욕심을 내려놓는, 물욕 단속.
더 채우려 할수록 마음은 더 빈곤해진다.

남을 헐뜯는 말을 삼가는, 입단속.
그 말들은 결국 자신을 해친다.
말은 마음의 거울이다.

불안과 시기, 부정적인 상상을 끊어내는, 생각 단속.
생각을 정화하면 마음이 투명해진다.

서두르지 않고 여유를 지키는, 조급함 단속.

서두름은 실수를 낳고, 여유는 기회를 만든다.

타인과의 비교를 멈추는, 비교 단속.
비교는 자존을 해치는 칼날이다.
어제의 나와만 겨루어라.

이 다섯 가지 마음 단속이 잘 이루어질 때
행복은 멀리서 오는 손님이 아니라
내 안에 자리한 주인이 된다.

이미 누리고 있는
소중한 것에 주목하라

살다 보면
가질 수 없는 것,
자신의 능력으로는 도달하기 어려운 것 때문에
실망하기도 하고 자기 연민에 빠지기도 한다.

스스로 통제할 수 없는 일에 대한 집착은
결국 무력감을 낳는다.
그러다 보면 어느 순간
세상에서 가장 불행한 사람이
바로 나라고 착각하기 쉽다.

우리는 남과 나를 비교하는 일에 익숙하다.
지금 느끼는 만족과 즐거움을
행복으로 온전히 받아들이지 못하기 때문이다.

철학자 에픽테토스는 말했다.

"행복은 어쩔 수 없는 일에 대한 걱정을 그만두면 찾아온다."

불행은 바깥이 아니라

스스로의 마음에서 비롯된다는 뜻이다.

이미 누리고 있는 소중한 것에 주목하면

불행은 조용히 밀려나고 행복이 자연스럽게 들어선다.

행복은 언제나 밖이 아니라

내 안에서 시작된다.

> 66
> 행복한 삶에는
> 아주 적은 것만 있으면 된다.
> —마르쿠스 아우렐리우스

클로드 모네, 〈정원의 여인〉

널려 있던 행복을
왜 보지 못했을까

아침 상담을 마치고 저녁 강의까지 잠시 틈이 생겼다.
봄바람이 등을 가볍게 밀듯,
봄꽃이 나를 부르는 것 같아 대구 수성못 벚꽃길로 향했다.

작년에도 이맘때쯤 이곳을 찾았는데
어느새 일 년이 물처럼 흘러가버렸다.

벚꽃이 보이는 브런치 카페에 앉아
음식은 입으로, 꽃은 눈으로 먹었다.
곁들인 벚꽃 소스 덕분인지 유난히 더 맛있다.

지나가는 사람들의 얼굴에도 봄꽃이 피어 있다.
삭막했던 겨울 내내 부족했던 산뜻한 공기를
이제야 마음껏 들이마신다.

봄꽃 아래에서 새로운 출발을 하는 신혼부부의
야외 결혼식도 마주쳤다.
누군지는 모르지만, 괜스레 축하하는 마음이 일었다.

틈새의 여유를 찾아내고 즐기기 시작하니,
곳곳에 흩어져 있던 행복이
자석에 끌리듯 내게 달라붙는다.

이렇게 가까이에 널린 행복을
예전에는 왜 보지 못했을까.

지금은 그저, 행복하다.

감정 메이크업을 하니
성향도 바뀐다

나의 성향을 보면,
객관적 사실에 근거한 이성적 판단이
감성적 판단보다 조금 더 강하다. 대략 6대4 정도.
특히 사회생활에서는 그 성향이 더 뚜렷하게 드러났다.

지금 하고 있는 진로교육 역시
이성적인 사고와 명확한 판단이 필수다.

그런데 틈만 나면 북 카페에서 글을 쓴다.
글을 쓰다 보면 문득 이런 생각이 든다.

예전의 나를 기억하는 사람들,
그리고 진로교육 일을 하는 나를 아는 사람들은
내가 이런 감성적인 글을 쓴다는 사실을
조금 낯설어할 수도 있겠다고 말이다.

그러나 어느 순간 나는 이성적인 세계에서
감성적인 세계로 자연스레 발을 옮겼다.

감정에 메이크업을 하듯
마음을 단장하다 보니
나의 성향도 조금씩 바뀌었다.

결국,
나는 두 세계를 모두 살아보는 셈이다.

> 다정한 마음만큼
> 큰 매력은 없다.
>
> —제인 오스틴

피에르오귀스트 르누아르, 〈물가에서〉

행복을 스트레스로 바꾸지 말자

"내가 살면서 절실히 느낀 건,
걱정한다고 달라지는 건 아무것도 없다는 거야.
스트레스를 받으면 결국 나만 손해인 것 같아."
유튜브 채널에서 개그맨 신동엽이 한 이 말에 깊이 공감한다.

작은 스트레스까지 일일이 신경 쓰며 살다 보면
정작 가장 중요한 행복은 늘 놓친다.

신경을 곤두세운다고 해서
결과가 거의 달라지지 않는다는 것을
우리는 이미 알고 있다.

그런데도 우리는 보석을 버리고
쓰레기를 바구니에 담곤 한다.

내 바구니에 담아야 할 것은 쓰레기가 아니라 행복이다.

행복을 스트레스로 바꾸는 어리석은 사람이 되지 말자.
꽃을 담으면 꽃바구니가 되고,
쓰레기를 담으면 쓰레기통이 된다.

스트레스는 마음을 흐리는 찌꺼기다.
담지 말고, 보이면 과감히 버리자.

긍정적인 렌즈로 세상을 보면
다 맑게 보인다

해발 1250미터 청옥산 자락에 자리한
육백마지기에 차에 실려 꾸역꾸역 올라왔다.

샤스타데이지가 만개해
넓은 초원을 뒤덮었을 풍경을 기대했지만
고지대라 그런지 꽃은 아주 일부만 피어 있었다.

기대가 컸던 만큼 실망도 크게 밀려왔다.
멀리까지 와서 힘들게 올라왔는데
만개한 모습이 아니니 마음이 탁해졌다.

예전 같으면 화가 났을 것이다.
그 기분이 이후 일정까지 이어져
여행의 맛을 떨어뜨렸을지도 모른다.

하지만 지금은

모든 것이 내 뜻대로 이루어지지 않는다는 사실을

조금은 편안하게 받아들일 줄 알게 되었다.

실망스럽기는 하지만,

내 힘으로 바꿀 수 없는 일은

그저 그러려니 하고 넘긴다.

그래도 고지대에서만 만날 수 있는 풍경이

눈앞에 펼쳐지니 마음이 다시 환해졌다.

내가 서 있는 땅과 하늘이 맞닿아 있는 듯한 느낌.

그 감각만으로도 충분히 만족스러웠다.

기쁨과 슬픔, 행복과 불행은

누군가 만들어주지 않는다.

현상을 대하는 나의 의식이 만들어낸다.
긍정적인 렌즈로 보면 세상은 결국 맑게 보인다.

생사의 문턱까지 넘나든 뒤
세상을 바라보는 마음이 많이 달라졌다.
그중 가장 크게 바뀐 것은 아름다운 풍경을 대하는 태도다.

'이런 풍경을 내가 또 볼 수 있을까?'
그 마음으로 모든 경치를 귀하게 대한다.

가능한 많이 눈에 담아두고
감사한 마음으로 다음 길로 향한다.

귀스타브 카유보트, 〈오렌지 나무〉

내 눈과 코와 입으로
행복이 들어온다

비를 피해 숨어 있던 벌들이 다시 일을 시작한다.
분주한 날갯짓과 분주한 입놀림이 참 자연스럽다.

작년에는 벌이 보이지 않았다.
그 영향으로 토마토, 오이, 호박처럼
꽃이 피어야 열매를 맺는 작물의 결실이 말이 아니었다.

늘 당연하게 여겼던 벌 한 마리가
사실은 농사의 중요한 일부였다는 걸
그제서야 절실히 깨달았다.
당연하게 보이는 자연의 모든 것들이
얼마나 감사한 일인지 다시 느끼게 되었다.

쌈 채소는 비를 먹고 쑥쑥 자랐고,
토마토와 오이도 제자리를 잡고 꽃을 피웠다.

한참 일하다 보니 온몸에 땀이 흥건해지고,
입에서는 해녀들의 숨비소리 같은 숨이 터져 나왔다.
옛날 어머니가 힘들 때 내던
그 묘한 소리를 나도 내고 있는 것이다.
그래서인지 그때 어머니의 마음이 조금은 이해된다.

밭에서 돌아오는 길에 딸에게 쌈 채소를 나눠주고,
남은 것은 깨끗이 씻어 포장했다.
아내는 그것을 또 주변 지인들에게 정성껏 나눌 것이다.

훨훨 날아다니는 벌을 보니
그들이 퍼뜨린 향기를 맡으니
꽃과 채소가 잘 자라는 모습을 보니
내 눈으로, 코로, 입으로 행복이 고스란히 들어온다.

행복 풍선

아파트 지상에서 차가 사라지고 꽃밭이 들어섰다.
이런 변화라면 누구나 기꺼이 환영할 것이다.

꽃 피는 계절이 오면 사람들은 멀리 꽃구경을 떠난다.
어떤 이들은 자랑거리를 만들기 위해
막히는 도로를 감수하면서까지 길을 나선다.

그러나 묻고 싶다.
정말 멀리 있는 꽃만 꽃일까.

가까이에도 꽃길은 차고 넘친다.
우리는 늘 가까운 꽃은 무심히 지나치면서
먼 곳의 꽃만 그리워한다.

하지만 멀리 있는 꽃도 결국 다가가면

가까이 있는 꽃이 된다.

행복도 마찬가지다.
멀리 있는 행복은 내 것이 될 가능성이 적다.
손만 뻗으면 담을 수 있는 기쁨을
먼저 채우는 것이 더 현명하다.

멀리서 오는 행복이든 곁에 있는 행복이든
마음에 담는 순간 온전히 내 것이 된다.

그렇게 담아낸 작은 순간이
하나둘 차곡차곡 모여
내 삶의 행복 풍선은
고요히, 그러나 꾸준히 부풀어 오른다.

우리는 있는 그대로의 자신이 되고,
될 수 있는 존재가 되어가는 것,
그것이 삶의 유일한 목적이다.

—로버트 루이스 스티븐슨

클로드 모네, 〈아르장퇴유 강변의 꽃들〉

새로움을 배우는 사람은 늙지 않는다

생애 처음으로 수영을 배우기 시작했다.
기초반에 들어가 발차기부터 배우며
조금씩 앞으로 나아갔다.

처음에 기초반에는 여섯 명이 있었다.
그중 세 명은 '허위 기초반'이었는지
두 번 수업을 듣고 다음 코스로 이동했다.

이제 세 명이 남았다.
서른 중반의 남자, 일흔일곱 살 어르신,
예순 초반의 나.

서른 중반의 남자는 그래도 한발 앞선다.
나와 어르신은 그를 보며 은근히 부러워한다.

물을 먹어가며 한 바퀴를 돌고 물었다.

"어르신은 수영이 이번이 처음이세요?"

처음 배운다고 한다.

"왜 배우려고 하셨어요?"

나이가 들수록 새로운 것을 시도하지 않으면

몸도 마음도 급격히 굳어버릴 것 같아 시작했다고 한다.

그 말에 고개가 끄덕여졌다.

일단 우리는 속도에 연연하지 않기로 했다.

느리더라도 물과 친해지며,

즐기면서 배우기로 마음을 모았다.

삶에 신선함과 설렘을 불어넣는 일은

근육을 움직이는 데서 그치지 않는다.

그것은 마음을 흔들어 깨우는 일이다.

느린 발차기 하나에도 웃음이 나오는 요즘
나는 깨닫는다.

새로움을 배우는 용기야말로
몸과 마음을 함께 젊게 하는
가장 확실한 비타민이라는 것을.

후회는 이루지 못한 꿈이 아니라
미뤄두었던 행복이었다

중년 대부분이
"조금만 더 버티면……"
"이 일만 끝나면……" 하며
행복을 늘 미래로 미뤄둔 채 살아간다.

하지만 살아보니 알겠다.
행복은 나중에 몰아서 쓰는 감정이 아니다.
오늘 누리지 않으면 사라져버리는 감정이다.

죽음 가까이에서 가장 크게 남은 후회는
이루지 못한 꿈이 아니라 미뤄두었던 행복이었다.

행복은 저축하는 것이 아니라
오늘 꺼내 쓰는 것이다.

문제는 지나가는
태풍이다

문제는 태풍이 몰려와 바다를 뒤집는 것과 같다.
평온을 깨뜨리고, 세상을 불안정하게 만든다.

그러나 아무리 강한 태풍도
때가 되면 소멸하고,
바다는 다시 평온을 되찾는다.

태풍은 혼란을 남긴 대가로
바닷물에 생기를 불어넣고,
맑게 갠 하늘을 남긴 채 떠난다.

우리가 마주한 문제도 마찬가지다.
끝나지 않을 것 같던 문제는 때가 되면 풀리고,
삶은 다시 제자리를 찾는다.
그 과정에서 우리는 평온이 얼마나 소중한지,

당연하다고 여겼던 일상이 얼마나 감사한지 알게 된다.

태풍이든 문제든
꼭 나쁜 영향만 주지는 않는다.
가져가는 것이 있으면, 반드시 남기고 가는 것도 있다.

문제는 삶을 무너뜨리기 위해 오는 것이 아니라
삶을 다시 정돈하기 위해 스쳐 지나간다.
태풍이 지나간 바다가 더 깊어지듯
문제를 지나온 삶도 한층 단단해진다.

> 아름다움은 거울 속 자신을
> 바라보는 영원이다.
>
> —칼릴 지브란

프레더릭 칼 프리제케, 〈정원에 앉아 있는 여인〉

과정 없는
결과는 없다

불암산 철쭉제에서
오케스트라 합주를 앞둔 연주자들이
각기 다른 악기로 소리를 맞추는 모습을 보았다.

지휘자의 리드에 따라
수없이 조율하고 또 조율하며
마침내 하나의 완성된 음악이 되어간다.

관객은 그저 아름답게 조율된
완전한 결과만을 감상한다.
하지만 그 소리에 깊은 울림이 있는 이유는
그 뒤에 차곡히 쌓인 과정이 있기 때문이다.

과정 없는 결과는 없다.
사람들이 그 과정을 보지 못하기에

결과로만 판단할 뿐이다.

나는 조율하는 시간을 눈으로 확인했기에
완성된 그 한 곡의 음악이
더 벅차게, 더 뜨겁게 가슴을 울렸다.

벚꽃은 봄을 마치고 내년을 향해 여행을 떠났디.
그 자리에 돌아온 철쭉이 다시 봄을 불태운다.

결국, 지금의 우리도
과정을 지나고 있는 봄이다.

나는 (   )을 선택할 것이다

청춘기에는 꿈도 많고 성취욕도 강했다.
세상을 알아가고 경험하면서,
꿈과 성취욕은 가지치기하듯 조금씩 줄어들었다.

중년이라는 반환점에 들어서면서
가지치기는 더 속도를 낸다.
냉정하고 현실적인 판단이 앞선다.

내 생애에서 무엇이 가장 중요한지
몇 개를 고르고 다시 바라본다.

처음에는 모든 것이 다 소중해 보였지만,
다 가질 수 없는 현실 앞에서
아깝지만 하나씩 놓는 법을 알게 된다.

그래서 스스로에게 묻는다.

"만약 단 하나만 가질 수 있다면,

나는 무엇을 선택할 것인가?"

누군가는 건강을,

누군가는 돈을,

누군가는 명예를,

누군가는 권력을,

누군가는 가족을 선택할 것이다.

그리고 나는

나는 (   )을 선택할 것이다.

경험은 버리는 것이 아니라
다시 쓰는 것이다

수명이 길어지면서
인생 후반을 무료하게 보내는 사람도 있고,
새로운 시도와 도전을 하며
그 시간을 혜택으로 누리는 사람도 있다.

시도를 망설이는 이들의 갈등 속에는
지나온 삶과 무관한 완전히 새로운 것을
처음부터 다시 시작해야 한다는 부담이 숨어 있다.

기쁨보다 어려움이 컸던 긴 회사 생활을 마치고
나는 새로운 길을 선택해 활동을 이어가고 있다.
이전 일과는 전혀 다른 영역처럼 보이지만
그동안 쌓아온 경험이
지금 일을 떠받치는 기반이 되었다.

누구에게나 살아온 시간만큼의 흔적이 있다.
지금까지 쌓아온 것을 모두 버리지 않아도
다르게 사용하는 길이 있다.

경험을 새롭게 활용하는 길을 찾을 때,
길어진 수명은 짐이 아니라
분명한 혜택이 된다.

봄은 제때 오고,
세상은 다시 제자리를 찾는다.

—로버트 브라우닝

베르트 모리조, 〈독서〉

삶은 일생을 통해
자신만의 그림을 그리는 것

가수 김광석의 서정적이고 감성적인 노래를 자주 듣는다.

그의 노래는 가사 하나하나에 삶이 녹아 있고,

그 자체로 하나의 시가 된다.

곧 문을 열 진로진학상담센터의 사전 준비를 위해

오늘도 대구로 향했다.

현재 하고 있는 일들을 그대로 이어가며

새로운 역할을 하나 더 얹는다.

하지만 이 바쁨이 마냥 부담스럽지만은 않다.

김광석 노래를 들으며

창밖으로 스쳐 지나가는 풍경을 바라보았다.

하늘은 하루도 같은 모습이 없다.

색도 다르고, 구름의 모양도 다르다.

그날그날 또 다른 그림을 그린다.

문득 생각했다.

나는 저 하늘에 지금까지 어떤 그림을 그려왔을까.

그리고 앞으로는 어떤 그림을 그려갈까.

먼 훗날 내가 그린 그림은

과연 누군가에게 가치가 있을까.

아니, 그보다 더 중요한 질문은

그 그림을 그리는 동안

나는 얼마나 충실하고 진심이었는가가 아닐까.

삶은 결국

일생에 걸쳐 자신만의 그림을 그려가는 일이다.

그림이 크든 작든, 화려하든 소박하든

나답게 그린 그림이라면 그 자체로 충분한 가치가 있다.

삶에도
다시 쓰이는 기회는 오더라

원고를 출판사에 넘기기 전까지
나는 책에 담길 분량보다
대략 두 배 이상의 글을 써서 전달한다.

편집자에게 선택할 수 있는 여지를 주고 싶기 때문이다.

3월 초 출간을 목표로 작업이 시작된 책.
선택받은 글은 책에 담기겠지만
선택받지 못한 글들은
빛을 보지 못한 채 사라질 수도 있다.

그래서 나는 선택받지 못한 글들과도
대화하는 예의를 갖춘다.
다시 살릴 글을 찾고 다른 옷을 입혀본다.
그렇게 다른 책에 실린 글도 꽤 있다.

내 삶을 돌아봐도

선택받지 못한 기억이 더 많다.

물론 그때는 아팠고, 상처도 받았다.

하지만 그것이 내 삶을 통째로 부정할 이유는 아니다.

선택받지 못했지만

다시 쓰이는 글이 있듯이

삶에도 다시 쓰이는 기회는 분명 오더라.

카미유 피사로, 〈퐁투아즈 정원〉

2장

사랑은 바람처럼 스치고,
계절처럼 돌아온다 _____

_____

_____

_____

_____

반복이
만든 강

이십여 년 동안 나는 하루도 거르지 않고 글을 써왔다.
처음에는 한 줄조차 무거웠고, 어딘가 모자랐다.
하지만 '오늘도 한 줄'이라는 약속을 지키자
글은 조금씩 늘었고 마음은 조금씩 단단해졌다.

운동도 그렇다.
며칠 만에 변화가 보이지는 않지만 몸이 알아차린다.
반대로 나태는 조용히 자라나 어느 날 마음을 흐리게 한다.

오늘도 아내와 자유수영을 하고,
얼큰한 해물칼제비를 먹었다.
내가 운동을 계속하는 이유는 거창하지 않다.
땀을 흘린 뒤 한 끼를 맛있게 먹는 일도 그 이유 중 하나다.

마라톤은 첫발을 내딛는 순간

이미 완주를 향해 간다.

작은 물줄기가 모여 강이 되듯

매일의 루틴은 내 삶을 한 방향으로 흐르게 한다.

오늘의 한 줄과 오늘의 한 번이

내일의 나를 만든다.

남겨지는 자가
되고 싶지 않다

내향적인 이유도 있지만
혼자만의 시간을 보내는 일이 어렵지 않다.
외로움을 덜 타는 편이기 때문이다.

그런데 가장 두렵고 피하고 싶은 것은
홀로 남겨지는 일이다.

외로움을 덜 타지만,
외로움이 두렵다.

자식은 이미 다른 둥지를 틀었다.
냉정하게 말하면 이제는 한발 떨어진 존재다.

작은 둥지에서 내 짝과 지지고 볶고
서로 깃털도 다듬어주며 살다가

갑자기 혼자 남게 될지도 모른다는 생각만으로 두렵다.

그 고요를 참기 어려울 것 같다.

천년만년 살 것처럼 자만하다가

어느 순간 나이가 들어

죽음이라는 단어를 의식하게 된다.

지금도 옆에서 내 짝이 잔소리한다.

한 귀로 흘려보내며 웃음을 짓는다.

예전에는 짜증스러웠던 이 소리가

이제는 사랑스럽고 감사하게 느껴진다.

이기적이지만

나는 남겨지는 자가 되고 싶지 않다.

어디에서 피어나든
귀하다

산에 오르다 암벽 사이에서
작은 풀꽃 하나를 보았다.

무슨 꽃인지는 모르지만
아름답고 대견해서 가까이 다가가 바라보았다.

척박한 바위틈에서 피어났지만
꽃잎도, 꽃받침도 온전했다.
작지만 자신의 모양을 잃지 않고 피어 있었다.

어떤 꽃은 양분이 넘치는 땅에서 피고,
어떤 꽃은 절제와 인내 속에서 피어난다.

사람도 그렇다.
각자 다른 환경에 뿌리를 내리고 살아간다.

봄이 오는 것을 막을 수 없듯

간절히 피어나는 생명 또한 막을 수 없다.

어디에서 피어나든 꽃은 다 귀하다.

척박한 곳에서 피어나는 꽃과 사람은

더 대견하고, 더 귀하다.

모든 것에는
때가 있다.
—『전도서』, 3장 1절

조르주 쇠라, 〈센강과 그랑드자트-봄철〉

외로운 섬이
답은 아니었다

사회생활을 하며 좋든 싫든 사람들과 섞여 살았다.
그 안에서 웃기도 했고, 속으로 울기도 했다.

어느 순간부터 관계를 대하는 방식이 달라졌다.
억지로 맞추기보다 감당할 수 있는 만큼만
선택하고 싶어졌다.

내향적인 성향도 한몫했다.
사람들 사이에 오래 있으면
내 안의 에너지가 빠르게 닳아버렸다.
나는 혼자 있을 때 가장 빨리 회복하는 사람이었다.

그래서 사람들의 숲에서 빠져나왔다.
불필요한 약속을 줄이고 선택할 수 있는 관계만 남겼다.
그 덕분에 내 시간은 분명히 늘었다.

처음에는 그것이 자유라고 믿었다.

하지만 가끔, 마음이 가라앉는 날이 있었다.

강연이나 약속이 없는 날이 며칠 이어지면

시간이 더디게 흐르는 느낌이 들었다.

누구를 만나지는 못해도 목소리라도 듣고 싶어

전화를 걸어보았지만 말이 쉽게 이어지지 않았다.

밖으로 꺼내지는 않지만

그 순간 외로움이 무겁게 내려앉았다.

관계도 근육처럼 쓰지 않으면 굳어버린다.

내향적인 사람이라고

외로운 섬에서 살아도 행복할 거라는 믿음은

생각보다 단순한 착각이었다.

인간은 결국

서로 온기를 주고받으며 살아가는 존재였다.

나는 그 사실을 조용한 날들의 외로움 속에서 다시 배웠다.

엄마도
보고 싶다

나의 장인어른은 아흔을 넘긴 연세에도
철저한 자기관리 덕분에 여전히 건강하시다.
사십삼 년 동안 교직에서 아이들과 함께하셨고,
지금도 독서를 즐기시는 분이다.

성격은 초강력 극 T다.
사실적이고 엄격히게 평가하는 분인데,
이번 책을 칭찬해주니 마음이 한껏 기뻤다.

책이 나올 때마다 나의 어머니가 떠오른다.
책을 싸매 들고 다니며 자랑하고 직접 팔던 분.
지금은 하늘나라에서 책을 팔고 다닐지도 모른다.

이제는 어머니의 빈자리를 독자들이 채워주고 있다.
적극적으로 알리고 권해주는 모습에

엎드려 절하고 싶을 만큼 감사한 마음이 든다.

어머니가 떠나신 뒤로는
명절에 고향에 내려가는 일이 점점 줄다가
더 이상 가지 않게 되었다.
대신 틈이 날 때면 부모님이 계신 동산을 찾는다.

어머니는 단 한 번도
내 꿈에 얼굴을 비추신 적이 없다.

'그곳에서 얼마나 즐겁게 지내면
꿈에도 나타나지 않으실까.'
안도와 서운함이 뒤섞여 밀려온다.

명절이 다가오면,

그날을 설레며 기다리던

어린 시절의 내가 문득 그리워진다.

엄마도 보고 싶다.

66
사랑은 변한다고 해서
변하는 것이 아니다.

–윌리엄 셰익스피어

베르트 모리조, 〈와이트섬의 외젠 마네〉

인연은 해와 달처럼,
구름처럼 흘러가는 것

육십 년을 살아오며
수없이 많은 만남과 이별을 겪었다.

어떤 이별은 아쉬움이 깊었고,
어떤 이별은 그저 스쳐 지나갔다.

어떤 인연은 이미 다른 세상으로 떠나버렸고,
또 어떤 인연은 같은 세상에 살면서도
끈이 느슨해져 풀려버렸다.

인연은 내가 애써 붙잡는다고 오지 않는다.
우주가 중매를 서야 찾아오는 귀한 선물이다.
마찬가지로 이별 또한 거스를 수 없는 자연의 섭리다.

해와 달이 오가듯, 계절이 바뀌듯
사람들의 만남과 이별도
자연스럽고 당연한 일이다.

그러니 떠난 인연에 오래 아파하지 말고,
지금 내 곁에 이어지는 인연과
앞으로 다가올 인연을 더 소중히 대하자.

인연은 억지로 붙잡는다고 머무르지 않는다.
해와 달처럼, 구름처럼
그저 흘러가는 것이다.

차이를
알아차리고

차이를 알아차린다는 것은
세상을 더 따뜻하게 바라보는 일이다.

산수유처럼 소박함이 모여 화려해지는 꽃도 있고,
장미처럼 홀로 서도 당당히 빛나는 꽃도 있다.

사람도 그렇다.
혼자 있을 때 더 잘 피는 이가 있고,
여럿이 함께할 때 비로소 꽃이 되는 이도 있다.

어떻게 피어나든 꽃은 저마다 아름답다.
그러니 남과 비교하기보다
나에게 맞는 방식으로 피어나면 된다.

나다운 꽃을 피우면 된다.

클로드 모네, 〈파라솔을 든 여인〉

사람들의 얼굴에도
다양한 풍경이 보인다

어느 지역이든 첫 여행에서는
처음 접하는 멋진 풍경에
시선을 한껏 빼앗기기 마련이다.

나 또한 첫 유럽 여행이 그랬다.
모든 것이 새로웠기에
거리를 거닐 때마다 호기심이 넘쳐났다.

하지만 두 번째 유럽 여행에서는
사람들이 보이기 시작했다.
풍경 대신, 그곳에 살아가는 사람들의
얼굴과 표정을 마음에 담기 시작했다.

사람들의 얼굴에도
각기 다른 풍경이 있었다.

그 풍경은 자연 못지않게 다채롭고 깊었다.

여행은 때로

세상의 풍경을 보는 일이지만

어쩌면 그보다 더 중요한 것은

사람이라는 또 하나의 풍경을 발견하는 일인지도 모른다.

가까이 다가가 숨죽이고 봐야
제대로 안다

제비꽃은 쪼그리고 앉아
일 분 이상 들여다보면
그 매력에 빠질 수밖에 없다.

보라색과 자주색이 오묘하게 섞인 색감은
인간의 염색 기술로는
감히 흉내 내기 어려울 만큼 자연스럽다.

무리 지어 피어 있는 꽃들을
스치듯 지나가면 그 진가를 느낄 수 없다.
가까이 다가가 숨죽이고 봐야 비로소 제대로 보인다.

사람도 그렇다.
대충 보면 그 속을 알 수 없다.
쪼그리고 앉아 여기도 보고 저기도 봐야

그 사람의 색이 조금은 드러난다.

추위를 견디고 싹을 틔우고
마침내 꽃을 피워낸 제비꽃이 대견해
조심스레 발을 옮긴다.

나도, 강아지도 이 작은 생명을 다치게 할까 봐
한 걸음 한 걸음 신중해진다.

강아지는 답답한 실내에서 벗어나
오랜만의 꿈 같은 자유를 맘껏 즐기고 있다.

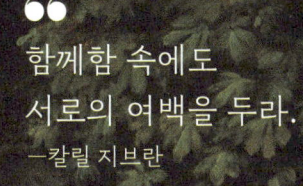

함께함 속에도
서로의 여백을 두라.
—칼릴 지브란

찰스 코트니 커런, 〈뤽상부르 공원에서〉

서서히 두루뭉술하게
바뀌어간다

회사 생활을 하며 수많은 사람과 관계를 맺고 살아왔다.
긍정적인 순간도 많았지만
갈등과 스트레스는 언제나 그림자처럼 따라왔다.

몇 년 전부터는 인간관계의 폭을 조금 줄이고
나를 위한 시간, 가족과 함께하는 시간을 늘렸다.
가끔 외로움이 찾아올 때도 있지만
그 외로움은 금세 평온함으로 바뀐다.

강연 덕분에 한 달에 몇 차례 세상으로 나온다.
작은 섬에서 조각배를 타고
인간 세상으로 나오는 기분이다.

세상에 나오니
사람이 시냇가에 흩어진 조약돌처럼 많았다.

조약돌이 서로 부딪혀 매끈한 소리를 만들듯
사람들 역시 서로 부딪히며 살아간다.
그 과정에서 모난 부분이 서서히 닳아 없어지고
두루뭉술해지며 조금씩 더 유연해진다.

때로는 상처가 생기기도 한다.
하지만 그 상처마저 사람을 단단하게 만들어준다.
그래서 나는 사람과의 관계 속에서 나는 소리도
아름답기를 바란다.

파도에 부딪히며 매끈해진 조약돌처럼
서서히, 그러나 분명한 변화를 담아
내 삶도 둥글어지기를 바란다.

한 사람만 있어도
충분하다

오늘은 아내의 환갑날이다.
함께 걸어온 세월 속에서
따뜻한 햇살도 같이 먹었고
폭우와 태풍도 나란히 맞아냈다.
세월이 쌓이며 우리는 연인에서 동반자가 되었다.

아내 몰래, 내 수준을 훌쩍 넘는 이벤트를 준비했다.
함께 걸어와준 것에 대한 감사와
앞으로도 나와 함께 걸어가달라는
조용한 부탁을 담았다.

살면서 몸과 마음을 기댈 수 있는
단 한 사람만 있어도 충분하다.

앞으로 걸어갈 길에도

햇살이 비추는 날이 있을 테고,

폭우를 만날 때도 있겠지만

둘이 손잡고 걷는다면

그 어떤 길도 결국 꽃길이 될 것이라 믿는다.

언젠가는 이 길의 끝에서

맞잡은 손을 놓아야 하는 순간이 오겠지만,

그날이 올 때까지

주어진 삶을 아름답게 살아내고 싶다.

눈감는 순간,

후회 없이 살았다 말할 수 있도록.

66

많은 물도
사랑을 끄지 못한다.

–「아가」, 8장 7절

피에르오귀스트 르누아르, 〈정원에서 양산 쓴 여인〉

남들에게 잘했던
아버지

아버지는 누구보다 성실했고 책임감도 강했다.
그런데 어린 나로서는
정작 우리보다 주변 사람들에게
더 잘한다는 점이 아쉽고 서운했다.

빚보증으로 집안이 흔들리기도 했다.
우리는 늘 빠듯했는데 남에게는 후하시니
어린 마음에 때로는 아버지가 미워 보이기까지 했다.

사람은 누구나 이기적인 면과
타인을 먼저 생각하는 이타적인 면을 함께 지닌다.
아버지는 후자가 조금 더 강한 분이다.

그런 모습이 한때는 이해되지 않았지만
나도 세월을 먹고 삶을 경험해보니

그때 아버지가 '남을 도운 것'만 내 눈에 크게 보였을 뿐,
사실은 아버지도 누군가의 도움 속에 살았다는 것을
뒤늦게 깨달았다.

"유채꽃이 혼자 피나, 꼭 떼로 피지.
혼자였으면 골백번 꺾였어.
원래 사람 하나를 살리는 데도
온 고을을 다 부려야 하는 거였다."
드라마 〈폭싹 속았수다〉에서
우리 모두를 울렸던 그 대사처럼 말이다.

우리는 느끼든 느끼지 못하든
서로 주고받고, 함께 기대며 살아가는 존재다.
아버지도 그렇게 살았던 것이다.

다름의
인정뿐이다

가까운 사이끼리 만든 모임이 있다.
분명 친해서 모였는데, 시간이 지나면서
사람 사이에 틈이 생기고 나뉘기 시작했다.
갈등이 생기고 서로 데면데면해지며,
심지어 누군가를 피해 모임을 떠나는 사람도 있다.

나는 종종 갈등의 사이에서
양쪽 이야기를 모두 들어야 한다.
대부분 상대의 단점과 문제를 늘어놓으며
내가 그 말에 동조하기를 기대한다.

왜 이런 일이 생길까?
갈등의 뿌리는 대체로 '다름'을 '틀림'으로 여기기 때문이다.
나와 생각이 다르다는 이유만으로
상대가 틀렸다고 단정하는 순간

대화는 거칠어지고 관계는 불편해질 수밖에 없다.

공자는 이렇게 말했다.
"군자는 화합하되 같아지려 하지 않고,
소인은 같아지려 하지만 화합하지 못한다."

군자는 서로 다름을 인정하면서도 조화를 이루지만,
소인은 억지로 같아지려 하다가
오히려 갈등을 키운다는 뜻이다.
인간관계에서 중요한 것은 같아지는 것이 아니라
다름을 품고도 함께할 수 있는 태도다.

내가 사람들과 관계를 오래 유지해온 비결은
단 하나, 다름을 인정하는 태도다.
그 태도가 관계를 지켜주는 가장 든든한 열쇠였다.

세상에 나와 완전히 같은 생각을 하는 사람은 없다.
다름을 인정하지 않는 순간 갈등은 피할 수 없다.

물론 모든 사람과 원만하게 지낼 수는 없다.
남을 모략하거나 다른 이를 밟고 올라서려는 사람과는
애초에 거리를 좁힐 이유도, 필요도 없다.
그러나 그 밖의 관계는 다름을 인정하는 순간
비로소 비틀림 없이 흘러간다.

결국 관계를 지키는 길은
다름을 틀림으로 보지 않는 것,
그 한 가지뿐이다.

피에르오귀스트 르누아르, 〈부지발의 무도회〉

권태는
문턱과 같다

사랑이 넘쳐흘렀던 연인이

결혼하고 달콤한 시간을 보내면,

시기 차이는 있지만

대부분은 반갑지 않은 손님, 권태기가 찾아온다.

권태기는 부부뿐만 아니라

인간관계에서 나타나는 거의 필연적인 과정 같다.

나무에서 바로 딴 과일도 시간이 지나면 선도가 떨어진다.

이처럼 권태기는 자연스러운 현상이다.

권태를 심리학에서는 '심리적 피로'라고 한다.

같이 있고 싶어도 그러지 못하는 연애 때와 달리

결혼 후 같이할 시간이 많아지고 당연시되니

신선도가 떨어지고 권태가 찾아오는 것이다.

권태는 문턱과 같다.

이 문턱을 넘어야 관계가 오래간다.

문턱을 넘기 힘들다고 피하면 관계는 틀어진다.

이후 새로운 인연을 만나도 문턱은 다시 나타날 것이다.

처음 만났던 장소나 첫 여행지에 가서

잊고 있던 감정을 꺼내보거나,

프로포즈를 다시 하는 것도 좋다.

어떤 상대든 신선함이 편안함으로 변하는 것은 자연스럽다.

권태의 문턱을 넘으면 편안함이라는 순풍을 받으며

오래 함께할 가능성이 높아질 것이다.

기대의
해방

치열한 사회생활에서
사람에게 힘과 도움을 받기도 했지만,
사람에게 상처를 입고 해를 당하기도 했다.
돌이켜보면 나 또한 누군가에게 그런 존재였을 것이다.

조직의 군락에서 조금 벗어나
자유로운 삶을 살면서
사람들과 얽혀 사는 일을 의도적으로 줄였다.
망망대해의 작은 무인도에서
홀로 살고 싶다는 생각도 종종했다.

그런데 이상한 일이다.
무인도에 있으면서도 망원경을 들고
누군가 오는지 애타게 바라볼 때가 있다.
피하면서도 갈구하는, 모순된 마음이었다.

사람에게 받은 상처를 떠올리면

사람을 피하고 싶어진다.

하지만 반대로 생각하면

결국 사람과 함께해야 한다는 절실함이 남는다.

여러 시도를 거친 끝에 내린 결론은 이렇다.

나만의 시간을 충분히 가지되,

사람들과의 관계도 적정하게 유지하는 것.

그리고 사람에게 상처받지 않는 방법을

스스로 찾아야 한다는 것.

예전에는 누군가에게 작은 부탁을 할 때,

그가 당연히 들어줄 것이라 기대했다.

그 기대가 어긋나면 서운한 마음에

상처받고 멀어지고는 했다.

이제는 부탁하면서 기대하지 않는다.

들어주지 않아도 그럴 수 있지, 하고 넘긴다.

기대를 내려놓으니 속상함도, 상처도 생기지 않는다.

사람은 유채꽃처럼 군락을 이루며 살아간다.

서로 기대며 살아가되,

내 주변의 꽃 중 어떤 꽃과 함께할지,

어떤 꽃과는 거리를 둘지를 분별할 줄 알아야 한다.

무엇보다 내 중심을 단단히 세워야 한다.

베르트 모리조, 〈창가에 있는 화가의 언니〉

나에게 상처 주지
않기로 했다

살다 보면 크고 작은 상처를 받는다.
상처를 잘 털어내는 사람도 있지만,
누구에게도 털어놓지 못하고 조용히 우는 사람도 있다.
나 역시 상처가 셀 수 없이 많다.
조용히 운 적도 꽤 많았다.

먼 사람에게서 받은 상처보다
가까운 사람에게서 받은 상처는 더 아프다.
그리고 그보다 더 아픈 것은
내가 나에게 주는 상처다.

남에게 관대한 사람이
자신에게는 지나치게 냉혹한 경우가 있다.
자책은 적당하면 보완과 발전의 계기가 되지만,
지나치면 자기 핍박이 된다.

남들에게 받은 상처를 치유하기도 버거운데
자신에게까지 상처를 더하는 일은 지나치게 가혹하다.

특히 상처를 속에 담고 조용히 우는 사람들은
자신에게 더욱 냉정해지기 쉽다.

남에게 받은 상처를 풀고 치유하는 데 힘을 모으고,
자신에게는 조금 더 관대해졌으면 한다.

그래서 이제는 안다.
회복은 남에게 받은 상처를 지우는 것이 아니라
나에게 더 이상 상처를 주지 않는 데서
시작된다는 것을.

3장

비워야 비로소
채워지는 순간이 있다 _____

_____

_____

_____

_____

내게 온전한
나만의 시간을

내게 온전한 시간을 선물하기 위해

일주일 동안 혼자 섬에 머문다.

글도 쓰고 쉬기도 하며

나에게 주는 소박하지만 소중한 선물이다.

이건 자발적인 속박이다.

섬에서 본격적으로 나와 대화한다.

내 글은 대부분 내면의 대화에서 태어났다.

외로움이 글쓰기의 스승이 되어준 시간도 많았다.

이번에는 섬으로 캔버스와 물감, 붓을 들고 들어간다.

아름다운 글을 그려보려는 마음이다.

혹시 글이 나오지 않더라도 괜찮다.

내게 온전한 시간을 선물한 것만으로도 충분하다.

섬에 도착한 첫날, 낮에는 천천히 산책했다.

섬에서는 서두르지 않기로 했다.

거북이처럼 느리게 걷고,

마주치는 주민들과 짧게 인사 나누며

섬마을의 숨결을 느꼈다.

참 아름다운 곳이다.

일주일 동안 티브이 소리도,

음악 소리도 가까이할 생각이 없다.

인위적인 소리는 멀리하고 그저 자연의 소리만 듣고 싶다.

낮에는 새소리와 파도 소리가 친구가 되고,

밤이면 개구리들이 합창해준다.

혼자지만 외롭지 않다.

밤이 깊어지자 마치 다른 별에 와 있는 듯한
고요가 펼쳐진다.

가끔 들려오는 산새 소리, 갈매기 울음,
바람 소리와 파도 소리,
그리고 멀리 들려오는 뱃고동 소리만이
여기가 지구임을 알려준다.

때로는 이렇게
한 번쯤은 오직 나만을 위해 나만의 시간을 선물하자.

해찰은 삶의 숨통이 되기도 한다

아카시아꽃 향에 취해 밭에서 일하고 산길을 걸었다.
귀한 수확물을 가방에 담아 내려오는데,
몇 걸음 가지 않아
매화꽃 떠난 자리에 살찌우고 있는 열매가 눈에 들어왔다.

늦봄과는 다소 거리가 있지만
멋이 가득한 단풍나무 새잎에 반해
또 한참을 바라보았다.

어슬렁어슬렁 걷다 보니
얼마나 시간이 흘렀는지도 모르겠다.

이런 아이를 지켜보는 부모는
"해찰한다"며 타박하기 마련이다.

사전에서는 해찰을
'일에 마음 두지 않고 쓸데없이 다른 짓을 함'이라고
정의하지만 이 말에는 긍정적인 면도 숨어 있다.

호기심, 관심, 여유, 살핌, 관찰…….
이런 단어들이 매실 열매처럼 주렁주렁 떠오른다.
해찰은 세상을 더 찬찬히 바라보는 시간이기 때문이다.

가끔은 스스로 해찰하라.
가끔은 가족이 세상을 해찰할 수 있도록 눈감아주라.

해찰은 때때로
삶의 숨구멍이 되어준다.

여행의 생명은
여유 있는 마음이다

사회생활을 하며 휴일 틈틈이 떠났던 여행에는
언제나 아쉬움이 남았다.

시간에 쫓기다 보니 여행의 참맛을 느낄 새가 없었다.
출근길 지하철 갈아타기 위해 발걸음을 재촉하던
그때의 감각이 여행에서조차 반복되는 느낌이었다.

여행의 생명은 단연 '여유'다.
언젠가 시간 여유가 생기면
반드시 해보고 싶은 여행이 있었다.

자전거를 타고 전국을 천천히 누비는 여행.

작은 들풀과 들꽃에 눈을 맞추고,
돋보기를 들이대야 보일 만큼 작은 곤충과도

알프레드 시슬레, 〈숲 가장자리 개울가에서의 휴식〉

대화를 나누듯 느리게 세상을 만나고 싶다.

평소 무심히 지나쳤던 자연을 손끝으로 쓰다듬고,
그 고장에서만 맛볼 수 있는 음식도 온전히 음미하고 싶다.
그러다 인연이 닿는 사람들과
삶에 대해 담담히 이야기 나눌 수 있다면 더 좋겠다.

사람이 욕구를 억제하며 분주하게 살아가는 이유는
언젠가 절제된 시간의 굴레에서 벗어나
진짜 '자유'를 찾기 위해서다.

세상과 헤어지기 전에
여유 있는 마음으로 세상을 세심하게 느끼고,
아쉬움 없이 마음에 담아두었으면 한다.

분주한 오늘 속에서도

언젠가 떠날 여유 있는 여행을 꿈꿔라.

그 상상만으로도 오늘을 살아갈 힘이 생긴다.

세상과 간헐적 이별이
세상과 결별을 막는다

거닐면 자유를 찾는 삼나무 숲길.
한국 차의 본고장, 보성에 왔다.

바닷바람을 먹어 더욱 잘생긴 삼나무 향기와 녹음이
마음을 빼앗길 만큼 아름다웠다.
숲길을 천천히 걷다 보니 유난히 어깨가 가벼워졌다.
맑은 공기와 자연의 향이
삶의 무게로 내려앉았던 짐을 슬그머니 덜어낸 듯했다.
삼나무 가로수길을 따라 걸으면
삶에 필요한 여백이 무엇인지 몸으로 깨닫게 된다.

오래 끓여낸 진국을 마시는 듯한 깊은 울림이 있는 곳.
뒤뜰 장독대에 묵힌 된장독처럼
시간이 깃든 향취가 온 공간에 배어 있었다.

냇가에 앉아 흐르는 물을 바라보고 있으면
모래알 하나하나가 또렷이 보일 만큼 마음이 고요해진다.
삼나무에서 뿜어 나오는 바람에 취했다가
정신을 차리려 하면 피어 있는 꽃향기에 또 취해버린다.

이 맑은 공기 속에
며칠이라도 묵고 싶은 마음이 들었다.
복잡한 세파를 잊고 나무와 돌, 바람과 공기만을
벗 삼아 지내고 싶은 충동이 일었다.

세상과 잠시 떨어져 지내는 이 시간은
세상을 완전히 등지지 않도록 해주는 소중한 예방약이다.

간헐적 이별은 세상과의 결별을 막는,
삶을 지켜주는 가장 자연스러운 방법이다.

봄은 오지만,
봄을 맞는 사람은 따로 있다

봄이 와도 마음이 얼어 있으면
사람은 여전히 겨울에 멈춰 있다.

겨울은 기온 문제가 아니라 마음의 온도다.

아무리 햇살이 좋아도
스스로 녹지 않으면 삶의 계절은 바뀌지 않는다.

봄은 오지만, 봄을 맞는 사람은 따로 있다.
나도 한동안 마음의 겨울을 붙잡고 살았다.

66
지식을 좇으면 날마다 더해지고,
도를 좇으면 날마다 덜어진다.
—노자

클로드 모네, 〈양귀비, 산책〉

Claude Monet.

자발적 고립을 통해
마음을 정화하자

복잡한 세상, 사람들과의 관계에서
이탈하고 싶어 자발적 고립을 하고 있다.

일정이 없는 긴 설 연휴 동안
멈춤의 시간을 보냈다.
때론 전진하지 않는 나 자신이 불편해
답답함이 밀려올 때도 있었다.
참기 어려우면 혼자 쏘다니기도 했다.

속세를 떠나 외진 암자에 들어가
세상과 자발적 고립을 하는 사람이 있다.

고립의 목적은 수양, 즉 마음의 정화다.
정화는 세상을 대하는 매운 마음을
순한 마음으로 바꾸는 작업이다.

성숙해진다는 것은

고난, 고통, 갈등 같은 부정적인 상황을

매운 마음으로 대했던 태도가

순한 마음으로 바뀌어가는 과정이다.

세상과의 자발적 고립을 선택하며

지기와 넓게 대화할 여유를 가지며 마음을 정화했다.

세상을 순한 마음으로 대할 준비를 마치고

다시 세상과 만난다.

여행은
비움의 훈련

여행을 즐기는 사람은
비우는 일을 자연스럽게 받아들인다.

특별한 취미도 없고 재미도 없는 내가
그럼에도 유일하게 꾸준히 즐기는 취미가 하나 있다.
바로 여행이다.

여행은 마음을 비우는 연습을
가장 자연스럽게 하는 시간이다.
여행 횟수가 늘어날수록 비움도 한층 수월해진다.

코타키나발루에서 사흘 동안
마음을 실컷 비우고 돌아왔더니
몸무게까지 가벼워졌다.

비우고 나니 그 빈 자리에
새로운 것이 조용히 채워졌다.

여행은 결국 비움을 통해
또 다른 나를 채우는
훈련이자 선물이었다.

그릇을 쓸모 있게 하는 것은
그 안의 빈 공간이다.

— 노자

차일드 해섬, 〈셀리아 색스터의 정원〉

샛길로
들어서다

자신이 걷고 있는 길이 지루하다고 느껴지면 떠나라.

여행은 정해진 길에서 의도적으로 벗어나,

걸어보지 않은 샛길로 들어서는 일이다.

낯선 길에는 설렘과 기대가 숨어 있다.

보물찾기하듯 한 걸음마다 작은 발견이 있다.

길고 먼 길을 걷다 보면

마음이 고되고 발목이 아프다.

그럴 때 잠시 쉬어가는 것,

그것이 여행이다.

나도 잠시 샛길로 빠질 때가 있다.

책을 출간하고 나에게 주는 보상처럼 떠난다.

여행은 떠나는 날이 아니라,

그 여행을 상상하며 설레는 순간부터 이미 시작된다.

10월 31일, 나의 또 다른 길이 시작된다.

절제는 부족이 아니라
풍족을 높인다

젊을 때는 앞으로만, 위로만 가려고 한다.
그러나 속도를 늦춰야 할 때와 멈춰야 할 때를 모르면
사고가 난다.

넘지 말아야 할 선을 넘어
내 몸에 맞지 않는 옷을 탐내는 순간,
탈은 시간문제다.

회사 생활 중에도 역량을 넘어선 자리와
역할을 욕심내다 스스로 무너진 사람을 보았다.
사회 지도층에 오른 이들 가운데서도,
멈추지 못해 순식간에 몰락한 사례가 많다.
높이 올랐던 사람일수록 추락은 더 아프고,
그 충격은 주위까지 덮친다.

개인의 삶도 마찬가지다.

욕심을 제어하지 못하면 자신뿐 아니라

가족과 주변 사람들의 행복까지 잃을 수 있다.

나 역시 한때는 더 많은 물질과 더 높은 직위를 쫓았다.

가족을 위해서라고 포장했지만,

지나고 보니 가족이 원한 것이 아니었다.

생사의 고비를 넘긴 뒤, 나는 가치의 기준을 바꿨다.

손에 닿지 않는 별을 쫓기보다

마음만 먹으면 가능한 것들을 미루지 않고 누리고 있다.

물질적 소유욕을 절제하니,

부족은커녕 삶이 오히려 풍족해졌다.

> **"**
> 적게 가진 사람이 가난한 것이 아니라,
> 더 많이 바라기만 하는 사람이 가난하다.

―루키우스 안나이우스 세네카

귀스타브 카유보트, 〈스키프〉

같은 돈,
다른 만족

자유인이 되고 나서 사람 많은 휴일을 피하게 되었다.
나 같은 한량이라도 빠져줘야
세상이 조금은 덜 복잡해질 테니까.
붐비는 도로와 꽉 찬 맛집은 오히려 만족감을 떨어뜨린다.
여행도, 음식도, 여유가 빠지면 그 맛이 반으로 줄어든다.

비 내리는 월요일, 오늘은 땀을 빼는 날이다.
진한 국물과 시래기가 듬뿍 들어간 담터추어탕에서
먹은 만큼 땀을 흘렸다.
이어서 찜질방으로 옮겨, 수분이 빠지는 만큼
살도 빠진다고 착각하며 여유롭게 시간을 보낸다.

두 곳 모두 휴일이면 북적이지만
오늘은 비와 함께 고요하다.
같은 추어탕 한 그릇, 같은 찜질방인데

느껴지는 만족은 전혀 다르다.

심리학에서는 '컨텍스트 효과' '기대 효과'라고 부른다.
같은 경험이라도 혼잡한 분위기, 대기 시간, 날씨, 동행자
그리고 나의 컨디션에 따라 만족도가 달라진다는 뜻이다.

돈이 주는 긴 결국 똑같지만,
얼마나 풍요롭게 느끼느냐는 마음의 몫이다.

같은 돈을 써도 만족도는 마음의 온도에 따라 달라진다.
오늘처럼 비 오는 월요일, 느긋한 하루가
무엇보다 값진 사치가 된다.

오감을 동원해 먹으니
배부르다

산책하기에 더없이 좋은 날씨다.
작고 여린 꽃들과 눈인사를 나눈다.

길가에는 어느새 봄꽃 한 상이 차려지고 있다.
앞다퉈 피어오르며
코스 요리처럼 순서대로 모습을 드러낼 것이다.

꿀벌은 오랜 금식을 마친 듯
정신없이 식사하느라
내가 가까이 가도 전혀 눈치채지 못한다.
참았다 몽땅 먹으니 과식하겠구나 싶다.

나도 벌처럼 긴 금식을 끝내고
오랜만에 만난 봄꽃을
오감을 총동원해 먹어치우니

몸보다 마음이 먼저 포만감으로 가득하다.

봄꽃 뷔페.

맛은 훌륭하고, 무료이며, 살도 찌지 않는다.

이럴 때는 마음껏 먹어도 좋다.

두 손 가득히 수고하며
바람을 잡는 것보다
한 손에 쥐고 평온한 것이
더 낫다.

—『전도서』, 4장 6절

존 싱어 사전트, 〈파라솔이 있는 그룹(낮잠)〉

밭에서 얻어온
행복

자욱한 안개가 텃밭을 덮고 있었다.
푸른 배추와 하얀 코스모스 무리가 마치
가을 축제를 열듯 나란히 호흡을 맞추고 있었다.

배추는 속을 단단히 채우기 시작했고,
무는 몸집을 키우느라 바쁘다.
나는 무가 더 넉넉히 자랄 수 있도록 솎아내고,
쪽파와 상추를 수확했다.

산길을 내려오다 딸네 집에 들러
상추와 쪽파를 조금 나눠주고 집으로 돌아왔다.

점심은 며칠 전 담가둔 열무김치로
비빔밥을 해 먹었다.
갓 뽑은 열무를 조금 더 넣고 참기름에 비비니

향과 맛이 감동처럼 다가왔다.

쪽파는 파전으로, 상추는 쌈으로

밥상을 채울 생각을 하니 마음까지 풍성해졌다.

모기에 몇 방 물렸지만 괜찮다.

내가 손수 길러낸 채소를

식탁에 올릴 수 있다는 것만으로도 충분히 행복하다.

밭에서 흘린 땀이 식탁 위에서

맛으로 되돌아오는 경험은 늘 새롭다.

가을의 꽃은 코스모스다.

어쩌면 코스모스의 본래 이름이 가을일지도 모른다.

높고 푸른 하늘과 코스모스가 서로를 닮은 듯

짝을 이루고 있으니 말이다.

묵은 짐들을
하나씩 내려놓고 간다

여행길에
가슴을 누르던 묵은 짐들을
하나씩 내려놓고 간다.

바르셀로나에도 짐 한 개,
세비야에도 짐 한 개,
론다에도 짐 한 개,
리스본에도 짐 한 개,
마드리드에도 짐 한 개.

여행을 떠나는 비행기는
근심의 무게 때문인지 땀 흘리며 날더니
돌아가는 길에는 가벼워져서
잠자리처럼 가볍게 날아갈 것 같다.

여행은 가벼워지기 위해 한다.

세상살이로 다시 무거워지면

미루지 말고, 놓치지 말고 여행을 떠나라.

> **❝**
> 도착보다, 그곳을 향해가는
> 마음이 더 아름답다.
>
> —로버트 루이스 스티븐슨

페데르 세베린 크뢰위에르, 〈장미〉

자유로운 자유를
감사하게 받는다

조직 사회에서 수십 년을 살아서인지
내 몸과 마음에는 여전히 그 시절의 흔적이 남아 있다.

직장생활을 하던 때에는
점심시간, 퇴근 시간, 휴일과 연휴 같은 단어들이
잠시나마 조직의 틀에서 나를 분리해주는
작은 산소통 같은 존재였다.

그렇게 바라던 자유가 내 앞에 펼쳐졌을 때
한동안은 기쁨보다 낯선 불안이 먼저 다가왔다.
고삐가 풀렸는데도 마음껏 달리기를 주저하는 말처럼
자유와 공허함이 한꺼번에 밀려왔다.

이제 나는 타인이 아닌 스스로의 통제로 살아가는 법을
조금씩 익혀가고 있다.

일정한 규칙이 없어지다 보니

그 단맛이 옅어지는 날도 있다.

그럴 때는 어딘가로 빠듯하게 달려가며

짧게 누리던 점심 한 시간,

그 속에 감춰진 해방감이 문득 그리울 때도 있다.

그렇다고 다시 그 시설로 돌아가고 싶은 것은 아니다.

다만 자유라는 감정이 가진

이중적인 얼굴을 깨달아갈 뿐이다.

가끔 집 근처 사무실 건물 지하에 있는

직장인들이 많은 한식 뷔페에 간다.

그들과 섞여 밥을 먹으며 분주한 숨결을 잠시 느껴본다.

그때마다 통제 안에서 맛보던 작은 자유를 다시금 떠올린다.

그래서 나는 내게 주어진 자유로운 자유를

조용히, 또 감사하게 받아들인다.

내 마음이
따라올 수 있는 속도

풀 한 포기, 꽃 한 송이를
제대로 느끼지 못하며 사는 삶이란 무엇일까.
길가에 핀 들꽃을 느끼기 위해 무릎을 꿇고,
눈과 코를 가져다 댈 여유조차 없는 삶이란.

양손에 금덩어리를 쥐고 있더라도
메마르고 허전할 것 같다.

그래서 나는 오늘,
천천히 걷기로 했다.

길가의 들꽃을 지나치지 않는 속도.
내 마음이 따라올 수 있는 속도.
그 정도면 삶이 다시 촉촉해질 것 같다.

행복은 사막의 모래알 하나에서도
발견될 수 있다.
　―파울로 코엘료

프레더릭 칼 프리제케, 〈오후-노란 방〉

바다에서
숨을 씻고

드라마 〈서울 자가에 대기업 다니는 김 부장 이야기〉를 보면
공감되는 부분이 꽤 있었다.

나 역시 이십육 년을 회사에서 일했다.
오래 일할 수 있는 조건은 여럿이지만
그중 내가 중요하게 생각하는 것은 한 가지다.
끊임없이 변화하고 성장하는 것.

나 역시 회사를 관두고 진로교육 일을 하며,
고민을 게을리할 수 없다.

자유롭게 일하며 계약을 맺고
매달 강연과 상담을 한 뒤
또다시 같은 곳에서 재계약을 했다.
그 후에 오랜 고민을 했다.

'같은 방식과 주제만으로는 신선함이 떨어질 텐데

무엇을 더해야 할까.'

묵고 익숙한 향기에는 반응이 둔해진다.

신선하고 색다른 향을 내려면, 자주 나를 돌아봐야 한다.

금요일에는 일을 마치고 바다를 만나고 올 생각이다.

다음 향을 찾기 위해, 잠시 숨을 씻으러 간다.

내 머리와 가슴이 굳지 않도록

가끔은 이렇게 씻어줘야 한다.

소유욕이 나를
불행으로 이끈다

욕심이란 소유욕이다.
인간은 비바람을 막아줄 집이 있어도
더 넓은 곳, 더 비싼 곳을 향해 욕심을 부린다.

내게 절실히 필요한 것이 아닌데도 가지려 한다.
함께 가지면 좋은 것도 혼자만 가지려 기를 쓴다.

에피쿠로스는 말했다.
"가진 것보다 가지지 않은 것을 욕망할 때,
우리는 불행하다."

소유욕은 끝이 없다.
그러니 있어도 없는 것 같고,
많이 가졌어도 부족하다 느낀다.
만족과 절제가 행복을 얻는 관문이다.

에두아르 마네, 〈봄〉

열정은 불타야만
하는 것은 아니다

미션 임파서블 시리즈,
마지막 작품이 될 것 같은 〈파이널 레코닝〉을 봤다.

톰 크루즈를 보면
나이도, 도전도, 열정도
세월과는 전혀 무관한 듯하다.

영화 개봉일에 조조로 달려갔다.
스릴을 제대로 느끼고 싶어
가장 큰 스크린과 최고의 음향 시설을 갖춘
상영관을 선택했다.
역시 미션 임파서블은 기대를 저버리지 않았다.

영화를 마음껏 즐겼으니
이제 나도 서서히 오늘의 일을 시작해본다.

그가 영화에서 열정을 이어가듯

나는 상담과 강연으로 열정을 이어가야겠다.

열정은 반드시 불타오를 필요는 없다.

은은하게,

그러나 꺼지지 않고 오래 지속되는 열정도

충분히 아름답다.

4장

흔들려도 삶은
다시 피어난다

추억은 찐빵 속에 있는
단팥이다

삼십칠 년 만에 광릉 국립수목원을 다시 찾았다.

이곳에 서니 스물 초반이었던 그 시절의 내가 겹쳐 보였다.

풋풋한 청춘들이 장난치며 웃고 떠들던 모습이

마치 바로 옆에서 재생되는 듯 생생했다.

세월은 흘러 내 키는 조금 줄었는데

나무의 키는 어느새 하늘을 찌를 듯 높아졌다.

비가 내려서인지 숲은 더 깊은 향을 냈고,

새들의 웃음소리는 멀리 퍼져나갔다.

꽃들은 더 선명한 색을 뽐내며

빗물과 어우러져 더욱 운치 있는 풍경을 만들었다.

과거를 돌아보게 하고, 그 시절의 마음을 다시 불러오는 것.

우리는 그것을 추억이라 부른다.

잘 보존된 광릉숲이 마음껏 자라고

자유롭게 생명을 품어내듯

각자의 좋은 추억도 잘 보관해두었다가

가끔 꺼내보며 위로와 힘을 얻었으면 한다.

상처가 나면 약을 바르고 새살이 돋듯

마음의 상처도 추억이라는 약으로 치유되곤 한다.

추억은 찐빵 속에 숨겨진 단팥 같다.

겉에서는 보이지 않지만,

막상 열어 한 입 베어 물면 달콤함이 입안 가득 번진다.

지금도 아름다운 추억이 될 일들은 무수히 일어나고 있다

추억은 내가 찾지 않으면

세상 누구도 찾아주지 않는, 내가 살아온 발자취다.

지칠 때 추억 속으로 떠나는 이유는

멀리 있는 풍경을 보고 싶어 하는 마음과 닮았다.

우리는 지나온 경험 중에서도 좋았던 순간만을 꺼내 보니

과거가 늘 아름다웠다고 믿는다.

"그때는 먹고살기 힘들었지만 마음은 편했지."

돌이켜보면 고단한 시절도 많았을 텐데

시간이라는 거리가 모든 것을

한층 부드럽고 따뜻하게 만든다.

오늘 우리가 어렵다고 말하는 이 순간도

언젠가는 분명 추억이 된다.

그러니 지금의 고단함만 바라보며 마음을 지치게 하지 말자.
지금도 아름다운 추억이 될 일들은
매일같이 우리 곁에서 일어나고 있으니까.

오늘 또한 미래의 내가 꺼내 웃음 지을
또 하나의 추억으로 차곡차곡 쌓이고 있다.

꽃은 다른 해에 다시
빛으로 돌아온다.

―존 키츠

폴 시냐크, 〈리스 광장〉

나쁜 일에
고립되지 마라

안 좋은 일이 닥치면

그 생각에 갇혀 헤어 나오지 못할 때가 있다.

힘이 빠져 그 늪에서 벗어나는 데

적지 않은 시간이 걸린다.

심할 때는 스스로가 자신을 밧줄로 묶어버리기도 한다.

하지만 그렇게 한다고 상황이 변하지는 않는다.

수없이 겪었듯 세상일은 내 마음대로 굴러가지 않는다.

그래서 나쁜 일이 생겼을 때일수록

스스로를 고립시키지 말아야 한다.

고립은 더 깊은 수렁으로 나를 끌어당길 뿐이다.

비록 쉽지 않더라도

의식적으로 그 일과 거리를 둬야 한다.

밖으로 나가 바람 앞에 서서
근심을 흘려보내는 편이 훨씬 현명하다.

그러다 보면 시간이 해결해주는 일도 있고,
전혀 관계없는 방향을 바라보다가
뜻밖의 길을 찾을 때도 있다.

상황을 바꾸는 힘은 고민 속에서 고립되는 것이 아니라,
그 고립에서 빠져나와
삼자의 시선으로 문제를 바라볼 때 생겨난다.
그 한 걸음의 거리 두기가 문제를 바라보는 방향을 바꾸고,
삶을 다시 앞으로 움직이게 한다.

세상의 흐름은
그렇더라

감당하기 어려운 시련이
내 앞길을 막고 떡하니 서 있을 때
막막하기도 하고 때론 포기하고 싶었다.

그럴 때마다 어떻게 살까 했는데
막상 살면 사라지더라.

참고 견디니 흐르는 물과 함께 흘러가기도 하고
물이 흐르며 상처가 흐릿해지기도 한다.

순간을 참아내라.
그러면 상처는 사라진다.
살다 보면 또 좋은 날도 흘러온다.
세상의 흐름은 그렇더라.
탁한 물이 흐르다가도 시간이 지나면 맑은 물이 흐른다.

클로드 모네, 〈정원 벤치에 앉은 카미유 모네〉

너마저 너의 마음을
흔들지 마라

세상을 살다 보면 내 뜻과 관계없이
돌풍과 맞서야 할 때가 있다.
그 과정에서 날아온 돌멩이에 상처를 입기도 한다.

코로나 팬데믹으로 어려울 때,
지인들은 "조금만 지나면 괜찮아질 거야"라고 말했다.
하지만 미래의 회복을 말하는 위로는
내게 닿지 못하고 멀리서 되돌아오는 메아리처럼 들렸다.
위로를 들으니 더 혼자가 된 기분이었다.

사람들은 말로 상처에 약을 발라주었다.
그 말로 겉의 살은 아물어도
마음속 통증까지 낫지는 않았다.

결국 내 마음은 내가 건져 올려야 했다.

마음이 무너질 때 꺼내 먹을 약을

미리 품고 살아야 했다.

나를 치료할 최후의 보루는 결국 나 자신이다.

그러니 내 마음만은 놓치지 말아야 한다.

너마저 너의 마음을 흔들지 마라.

그 순간부터 세상은 혼자가 된다.

그래서 봄을
희망이라 부른다

봄비가 내리니
일찍 핀 꽃잎과 연한 잎이 세수한다.

비 내리는 소리가 속삭이는 듯하다.
"예뻐져라, 예뻐져."

초봄에 내리는 비는
식물들의 성장촉진제와도 같다.
어린 손주처럼 하루가 다르게 자라난다.

비가 내리면 왠지
걱정도
슬픔도
함께 흘러내려 갈 것 같다.

비가 내린 뒤 햇살이 찾아오면

햇살과 함께

웃음도

행복도

함께 찾아올 것 같다.

그래서,

우리는 봄을 희망이라 부른다.

"

희망은 깃털을 가졌다.

—에밀리 디킨슨

조르주 쇠라, 〈그랑드자트섬의 일요일 오후〉

숲길에서
배운 것들

내소사로 들어서는 입구에는
전나무 숲길이 길게 이어져 있었다.
나는 그 길을 천천히 걸었다.

산사의 숲길은 어찌나 고요한지
개미 발자국 소리마저 들리지 않았다.
정적을 깨지 않으려
발걸음 하나하나가 조심스러워졌다.

숲길을 걷다 보면 문득 뒤돌아보게 된다.
지나온 발자국을 바라보며
앞으로 걸어갈 방향을 다시 잡게 된다.

숲길이 내게 건넨 선물은
진정 소중한 것이 무엇인지

다시 생각하게 해준 것이다.

작고 아담한 법당, 정교한 조각마다
장인의 손길이 아로새겨져 있었다.
화려하지 않지만 오히려 소박함이 마음을 깊게 울렸다.

내 삶도 그렇게
들꽃처럼 소박했으면 좋겠다.

소박함은 마음을 가볍게 해주고
삶을 더 단단하게 만드는
가장 자연스러운 방식이기 때문이다.

철들지 않아서
다행이다

태풍이 가을을 놓고 떠난 뒤의 하늘은
티끌 하나 없이 깨끗했다.

비바람을 피해 숨어 있던 잠자리와
아이들이 파란 하늘로 날아올랐다.

솔솔 부는 바람에
코스모스가 덩실덩실 춤추듯 흔들린다.
나도 잠자리 꼬리를 잡고
그 하늘을 날아다니는 듯한 기분이 들었다.

철들지 않아서 다행이다.
가벼우니 마음에도 날개가 돋아
더 쉽게 날아다닐 수 있어 감사하다.

비행을 마친 후,

커피잔에 가을을 담아 마셨다.

커피잔에 하늘을 담아 마셨다.

커피잔에 코스모스와 국화꽃도 함께 담아 마셨다.

커피 향, 코스모스 향, 국화 향이 어우러져

오늘의 커피는 가장 깊고 고운 맛이 났다.

골짜기를 타고 흐르는 물소리,

바람을 타고 전해지는 가을 소리,

목을 타고 흐르는 부드러운 커피의 온기.

모든 소리와 향,

그리고 그 안에 담긴 내 마음까지

한 잔에 고스란히 담아 마셨다.

> 기쁨과 슬픔은 촘촘히 함께 짜여 있다.
>
> —윌리엄 블레이크

페데르 세베린 크뢰위에르, 〈스카겐 정원의 마리 크뢰위에르 부인〉

은은한 빛을
내고 있다

온종일 뜨거운 열기를 내뿜던 태양도
쉴 곳을 찾아 먼바다 뒤로 천천히 모습을 감춘다.
바닷물을 붉게 물들이더니
어느새 파란 하늘까지 붉게 칠해버린다.

순식간에 자취를 감춘 태양.
그렇게 바다는 서서히 저물어간다.

칠흑 같은 어둠이 바다를 덮을 때쯤,
해를 대신해 둥근 보름달이 모습을 드러낸다.
보름달은 아무 말 없이, 소리도 없이
은은한 빛을 흘려보낸다.

달빛에 비쳐 반짝이는 잔물결을
한참 동안 넋 놓고 바라본다.

고향 바다는 예전처럼 조용히 나를 품어준다.

내 인생의 햇살도 어느새

순식간에 달빛이 되어 있었다.

이제는 강렬한 빛을 내지 못하지만,

은은한 빛을 내며 세상을 비추고 있다.

강렬했던 빛도 아름다웠고,

은은한 빛 역시 아름답다.

겨울과 봄의 경계선

머리가 복잡할 때면 가끔 경춘선을 탄다.

대성리역에 내렸다.
북한강은 아직
내 마음처럼 겨울과 봄의 경계선에 있다.

곧 푸르름과 봄꽃으로 덮일 강변을
한 시간 남짓 걸었다.
복잡한 생각은 강바람에 씻기듯 옅어졌다.

강변이 보이는 카페에 앉아
차를 마시며 먼 산을 바라보았다.
산봉우리의 곡선은 보이지만
그 산의 나무들은 잘 보이지 않는다.

지금의 고민도 그렇다.

가까이 있을 때는 크게 보이지만

지나고 나면 흐려질 일들.

그러니 너무 오래 붙들지 말자.

인생이라는 먼 풍경에서 보면

지금의 고민도 점 하나일 뿐이니.

내 마음의 창도
늘 깨끗하게 닦아줘라

세상의 먼지가 나뭇잎에 내려앉아 쌓인다.
여린 잎은 그 무게를 버티지 못해 끙끙댄다.
그러면 하늘은 물탱크를 열어 비를 내려준다.

샤워로 먼지가 씻겨 나간 나뭇잎은
본래의 푸름을 또렷하게 드러낸다.

내 마음에 먼지가 쌓이려 할 때도
샤워기를 가져다 대야 한다.
뿌연 먼지가 마음을 덮어버리면
내 눈에 비치는 세상도 온통 흐려진다.

매일 얼굴을 닦듯이,
내 마음의 창도 늘 깨끗하게 닦아주자.

마음이 맑아야

세상도 비로소 맑게 보인다.

> 위대한 연극은 계속되고,
> 당신도 한 구절을 보탤 수 있다.
>
> ─월트 휘트먼

프레더릭 레이턴, 〈실 감기〉

역경 속에서
성장한다

전혀 그럴 것 같지 않은 유명 연예인도
무대공포증 때문에 힘들어한다.

나는 대중 앞에서 강연한 지 삼십사 년째다.
이제는 어느 정도 뻔뻔해져서
청중이 많을수록 더 신나게 강의한다.
그런 나도 두 번의 큰 고비를 넘겨야 했다.
강연 스트레스가 극심하게 찾아와
강단에 서는 일이 고통스러웠다.

몸은 떨리고 입은 바짝 말라붙고,
머리는 텅 비어 아무 말도 나오지 않았다.
그 시기에는 대중 앞에 서는 것 자체를
일부러 피하기도 했다.

결국 나는 나만의 방법을 찾고
조금씩 극복해내며 다시 무대 위로 돌아왔다.

겉으로 멀쩡해 보이는 사람도
자기 분야에서 자리를 잡기까지는
반드시 역경을 지나야 한다.
부여받은 숙제를 풀어내야만
그 길을 계속 걸어갈 수 있도록 허락되는 것 같았다.

역경은 자신을 단단하게 만드는 기회다.
힘든 과정에서 비로소 진짜 가치와 실력이 드러난다.

결국 삶의 결과를 가르는 것은
역경 그 자체가 아니라 역경을 대하는 나의 태도다.

떠나기 전
후회를 하지 않고

딸의 시어머니가 이 세상과 작별하고 하늘나라로 갔다.

65세라면 평생 땀 흘려 살아온 결실을
이제야 비로소 누릴 나이인데 너무도 안타깝다.

영정 사진을 보니 눈물이 난다.

평생 자식들 뒷바라지하며
자신을 위한 삶은 거의 누리지 못한 채
악착같이 모으며 살아왔다고 한다.

이제 좀 누려보려는 순간 이런 일을 맞았다며
무척 억울해하고 슬퍼했다는 말에
나라도 그랬을 것 같아 마음이 아프다.

나 역시 비슷했다.

오랫동안 악착같이 살다가

큰 위험을 겪고 나서야 겨우 삶의 패턴을 바꿨다.

늦었지만 이제는 가능한 누리며 살려고 한다.

떠날 때 후회 없이 눈감을 수 있게

살아야겠다 는 다짐이 해가 갈수록 더 분명해진다.

부디 고통 없는 세상에서 평안하게 지내시기를 바란다.

그리고 남은 나는,

그분이 남긴 삶의 메시지를 가슴에 새겨야 한다.

오늘을 미루지 말 것.

누릴 수 있을 때 누리고,

사랑할 수 있을 때 사랑하고,
표현할 수 있을 때 표현하며 살 것.

인생은 생각보다 짧고,
내일이라는 시간은 누구에게도 약속되어 있지 않다.

그래서 나는 다시 다짐한다.

떠나기 전에 후회하지 않는 삶,
그것이 남겨진 우리가 반드시 지켜야 할
삶의 마지막 예의이자 책임이다.

꽃이 떨어질 때를
대비해

아름다운 꽃도 때가 되면 시들고 흙과 공기로 돌아간다.
그 순간 때문에 활짝 피어 있는 지금조차
걱정으로 물들인다면,
그보다 어리석은 일은 없다.

다만 영원히 그 모습일 것이라는 착각만 버리고
때가 되면 진다는 사실을 인정하면 된다.

인간도 다르지 않다.
태어나고 성장해 절정기에 이르지만
그 시기는 유효하다.
시간이 지나면 자연스럽게 마무리 단계에 들어서고,
결국 꽃처럼 흙과 공기와 하나 된다.

육십을 넘으며 마음이 한결 너그러워졌다.

욕심의 무게는 가벼워지고

지금 이 순간을 즐겁게 살고 싶다.

꽃이 떨어질 때를 대비하듯

나 또한 편안히 떠날 준비를 하나씩 하고 있다.

아내와 함께 지난해에 장기기증을 서약했고,

꽃잎이 모두 지고 난 뒤 쉴 자리를 미리 찾아보고 있다.

숲속 수목장을 알아보고 조만간 직접 가볼 생각이다.

나중에 쉴 집을 미리 마련해두면

살아 있는 동안 마음이 훨씬 편안해진다.

오늘 하루도 감사한 마음으로 귀하게 보내자.

지금 활짝 핀 꽃처럼.

피에르오귀스트 르누아르, 〈두 자매(테라스에서)〉

나무는 뿌리가 온전해야 잎도 꽃도 핀다

나이가 들면
육체에도, 마음에도
자연스레 주름이 잡히리라 생각했다.

세월은 몸을 스쳐가며 흔적을 남겼지만
마음은 늙지 않았다.
오히려 둥글어지고, 더 깊어졌다.

마른 가지에도
새순이 돋고 꽃이 피어난다는 사실을
나이 먹으며 알게 되었다.

몸을 돌보는 것도 물론 중요하지만
마음에 온기를 불어넣는 일을
소홀히 해서는 안 된다.

겉으로 보이는 주름보다

보이지 않는 마음의 주름이 더 무겁기 때문이다.

마음이 메말라가는 것은

나무뿌리가 시드는 것과 같다.

뿌리가 온전해야

나무는 잎을 틔우고 꽃을 피울 수 있다.

사람도 마음의 뿌리가 건강할 때

삶은 다시 피어난다.

어둠이 있기에
빛이 소중하다

음악과 영화는 대부분 잔잔하게 시작한다.
그러다 서서히 고조되며 감정의 정점에 이른다.
억눌러둔 감정이 한순간에 터져 나올 때
우리는 더 큰 희열을 느낀다.

삶도 그렇다.
대부분의 날은 조용하고 평온하다.

그러나 어느 순간 파도가 밀려오고
파고가 절정에 이르는 시간을 만난다.
숨이 막힐 것 같은 그 순간도 끝내 지나가고 만다.

아무리 거센 파도라도 영원히 치지는 않는다.
참고 견디면 다시 잔잔해진다.

만약 음악이나 영화가

처음부터 끝까지 평온하기만 하다면

사람들은 지루하다고 말할 것이다.

우리 삶도 마찬가지다.

어제와 오늘, 내일이 모두 평탄하기만 하다면

우리는 그 평온조차 소중히 느끼지 못할 것이다.

우리는 안다.

어둠이 있기에 빛이 소중하다는 것을.

빛이 반드시 온다는 사실을 알기에

어둠 앞에서 포기하지 않고 마주 설 용기가 생긴다.

그래서 더욱 간절한 마음으로

어둠의 절정을 뚫고 들어오는 한 줄기 빛을 기다리게 된다.

> 영원은 지금 이 순간들로
> 이루어져 있다.
> —에밀리 디킨슨

페데르 세베린 크뢰위에르, 〈힙, 힙, 후레!〉

아픔은 흘려보내고
기쁨은 붙잡자

삶은 변덕스러운 날씨와 같다.

늘 화창하지도, 늘 흐리지도 않다.

맑은 날을 누리려 하면

시샘하듯 폭우가 내려 마음을 흐린다.

마음이 단단하지 않았을 때

나는 폭우에 상처받고 흔들렸다.

비가 지나간 자리에 파인 땅처럼

마음에도 자국이 남았다.

지금도 내 인생의 날씨는 예고 없이 바뀐다.

청명하던 하늘이 어느 순간 얼굴을 바꿔 천둥을 몰고 온다.

그때 마음이 혼탁해지는 것은 여전하다.

다만 나는 혼탁함이 오래 머물지 않게 한다.

마음의 중심을 붙잡아 흐린 물이 빨리 맑아지도록

물길을 낸다.

혼탁한 물이 오래 고이면 마음은 오염된다.
그래서 나는 마음을 정제하는 힘을 길렀다.
그 힘은 상처를 지우기보다 엷게 만들고,
흐르는 물처럼 흘러가게 한다.

기쁨은 오래 머물도록 물꼬를 막고,
아픔은 빨리 흘러가도록 물꼬를 터주자.

행복은 오늘도 피어난다

© 오평선, 2026

초판 1쇄 인쇄일 2026년 4월 16일
초판 1쇄 발행일 2026년 4월 30일

지은이   오평선
펴낸이   정은영

펴낸곳   (주)자음과모음
출판등록   2001년 11월 28일 제2001-000259호
주소   10881 경기도 파주시 회동길 325-20
전화   편집부 (02)324-2347 경영지원부 (02)325-6047
팩스   편집부 (02)324-2348 경영지원부 (02)2648-1311
이메일   편집부 munhak@jamobook.com 저작권 ip@jamobook.com

ISBN   978-89-544-7361-3 (03810)